Le Cabochon d'émeraude

Leblanc, Maurice

Publication: 1930

A Propos Leblanc:

Marie Émile Maurice Leblanc est un écrivain français né le 11 décembre 1864, à Rouen, et mort le 6 novembre 1941, à Perpignan. Auteur de nombreux romans policiers et d'aventures, il est le créateur du célèbre personnage d'Arsène Lupin, le gentleman-cambrioleur.

On peut visiter la maison de Maurice Leblanc, le Clos Lupin à Étretat, dans la Seine-Maritime. L'aiguille d'Étretat forme d'ailleurs l'un des décors du roman L'Aiguille creuse.

Le Cabochon d'émeraude

– Vraiment, ma chère Olga, vous parlez de lui comme si vous le connaissiez !

La princesse Olga sourit au groupe de ses amies qui, ce soir-là, fumaient et devisaient autour d'elle, dans son salon, et elle leur dit :

– Mon Dieu, oui, je le connais.
– Vous connaissez Arsène Lupin ?
– Parfaitement !
– Est-ce possible ?
– J'ai connu tout au moins, précisa-t-elle, quelqu'un qui s'amusait à jouer au détective pour le compte de l'Agence Barnett. Or, il est démontré, aujourd'hui, que Jim Barnett et tous les collaborateurs de son agence de renseignements n'étaient autres qu'Arsène Lupin. Par conséquent...
– Et il vous a volée ?
– Au contraire ! Il m'a rendu service.
– Mais c'est toute une aventure !
– Nullement ! Ce fut une paisible conversation d'une demi-heure peut-être, sans coup de théâtre. Mais, durant ces trente minutes, j'ai eu l'impression que je me trouvais en face d'un personnage vraiment extraordinaire, ayant des façons d'agir à la fois très simples et déconcertantes.

On la pressa de questions. Elle n'y répondit pas tout de suite. C'était une femme qui parlait peu d'elle et dont la vie restait assez mystérieuse, même pour ses amies intimes. Avait-elle aimé depuis la mort de son mari ? Avait-elle cédé à la passion de quelques-uns de ces hommes qu'attiraient son ardente beauté, ses cheveux blonds et ses doux yeux bleus ? On le croyait, les méchantes langues la disaient même capable de fantaisies, où il y avait parfois plus de curiosité que d'amour. Mais, au fond, on ne savait rien. Aucun nom ne pouvait être cité.

Plus expansive, pourtant, ce jour-là, elle ne se fit pas trop prier et souleva un petit coin du voile.

– Après tout, dit-elle, pourquoi ne pas vous raconter cette entrevue ? Si je dois mêler à mon récit une autre personne, le rôle qu'y joua celle-ci n'a rien qui m'oblige au silence, j'en parlerai, d'ailleurs, très brièvement, puisque, après tout, c'est Arsène Lupin seul qui vous intéresse, n'est-ce pas ? Donc, à cette époque, et pour résumer l'aventure en une phrase dont vous comprendrez toute la signification, j'avais inspiré un amour violent et sincère – j'ai le droit d'employer ces mots – à un homme dont le nom de famille, tout au moins, vous est connu : Maxime Dervinol.

Les amies d'Olga sursautèrent.

– Maxime Dervinol ? Le fils du banquier ?

– Oui, dit-elle.

– Le fils du banquier faussaire, escroc, qui s'est pendu dans sa cellule de la Santé, le lendemain de son arrestation ?

– Oui, répéta la princesse Olga, très calmement.

Et, après avoir réfléchi un instant, elle reprit :

– Cliente du banquier Dervinol, j'étais une de ses principales victimes. Peu de temps après le suicide de son père, Maxime, que je connaissais, vint me voir. Riche par son propre travail, il se proposait de désintéresser tous les créanciers et me demandait seulement certains arrangements, qui l'obligèrent à revenir chez moi plusieurs fois. L'homme, je l'avoue, m'avait toujours été sympathique. Il me le fut davantage encore par l'extrême dignité de sa tenue. L'acte de probité qu'il accomplissait lui semblait évidemment tout naturel et, d'autre part, bien qu'il ne manifestât aucun embarras et que l'infamie de son père ne pût l'atteindre, on sentait en lui une souffrance infinie et une blessure secrète, que la moindre parole irritait.

« Je l'accueillis comme un ami, un ami qui ne tarda pas à devenir amoureux, sans que jamais il fît allusion à cet amour que je voyais grandir chaque jour. S'il n'y avait pas eu la déchéance de son père, il m'eût certainement demandée en mariage. Mais il n'osa pas plus qu'il n'osa se déclarer, ni m'interroger sur mes propres sentiments. Qu'aurais-je répondu, d'ailleurs ? Je les ignorais.

« Un matin, nous déjeunâmes au Bois. Après quoi, il me suivit ici, dans ce salon même. Il était soucieux. Je déposai mon sac à main sur le guéridon, ainsi que toutes mes bagues, et je me mis au piano, sur son désir, pour y jouer des airs russes qu'il affectionnait. Il écouta, debout derrière moi, avec une émotion que je devinais. Quand je me relevai, je vis qu'il était pâle et je pensai qu'il allait parler. Tout en l'observant, et troublée moi aussi, je le confesse, je repris mes bagues, les remis d'un geste distrait et, soudain, je m'interrompis et murmurai,

beaucoup plus pour couper court à une situation gênante que pour exprimer mon étonnement à propos d'un fait banal :
« – Tiens, qu'est donc devenue mon émeraude ?
« Je m'aperçus qu'il tressaillait, et il s'écria :
« – Votre belle émeraude ?
« – Oui, ce cabochon que vous aimez tant, lui dis-je, tout simplement d'ailleurs, car, en vérité, aucune arrière-pensée ne se glissait en moi.
« – Mais vous l'aviez au doigt pendant le déjeuner.
« – Sans aucun doute ! Mais, comme je ne joue jamais du piano avec mes bagues, j'ai déposé celle-ci à cet endroit, auprès des autres.
« – Elle doit y être encore...
« – Elle n'y est pas.
« Je remarquai que sa pâleur augmentait et qu'il demeurait dans une attitude rigide, avec une expression si bouleversée que je plaisantai :
« – Eh bien ! après ? cela n'a aucune importance. Elle a dû tomber quelque part.
« – Mais on la verrait, dit-il.
« – Non. Peut-être a-t-elle roulé sous un meuble.
« J'allongeai le bras vers le bouton d'une sonnette électrique, mais il me saisit le poignet et, d'un ton saccadé :
« – Une seconde... Il faut attendre... Qu'allez-vous faire ?
« – Sonner la femme de chambre.
« – Pourquoi ?
« – Mais pour chercher la bague.
« – Non, non, je ne veux pas. À aucun prix !
« Et, tout frémissant, le visage contracté, il me dit :
« – Personne n'entrera ici, et ni vous ni moi ne sortirons, avant que l'émeraude ait été retrouvée.
« – Pour la retrouver, il faut chercher ! Regardez donc derrière le piano !
« – Non !
« – Pourquoi ?
« – Je ne sais pas... Je ne sais pas... Mais tout cela est pénible !
« – Il n'y a là rien de pénible, lui dis-je. Ma bague est tombée. Il s'agit de la ramasser. Cherchons !
« – Je vous en prie..., dit-il.

« – Mais pour quelle raison ? Expliquez-vous !

« – Eh bien ! dit-il, se décidant tout à coup, si je la retrouvais à cet endroit ou à un autre, vous pourriez croire que c'est moi qui, affectant de chercher, viens de l'y déposer.

« Je fus stupéfaite et prononçai à demi-voix :

« – Mais je ne vous soupçonne pas ! Maxime...

« – Actuellement, non... mais plus tard, vous sera-t-il possible d'échapper au doute ?

« Je compris toute sa pensée. Le fils du banquier Dervinol avait le droit d'être plus sensible et plus craintif qu'un autre. Si ma raison se révoltait contre l'offense d'une accusation, pourrais-je ne pas me souvenir qu'il se trouvait placé entre moi et le guéridon, tandis que j'étais au piano ? Et déjà même, en cette minute où nous nous regardions au fond des yeux, avec angoisse, est-ce que je ne m'étonnais pas de sa pâleur et de son désarroi ? Un autre eût ri à sa place. Pourquoi ne riait-il pas ?

« – Vous avez tort, Maxime, lui dis-je. Mais tout de même, il y a là de votre part un scrupule auquel je dois me soumettre. Donc, ne bougez pas !

« Je me baissai et jetai un coup d'œil entre le piano et le mur, et sous le secrétaire. Puis, je me relevai :

« – Rien ! Je ne vois rien !

« Il se tut. Son visage était décomposé.

« Alors, sous l'inspiration d'une idée, je repris :

« – Voulez-vous me laisser agir ? Il me semble que l'on pourrait...

« – Oh ! s'écria-t-il, faites tout ce qu'il est possible de faire pour découvrir la vérité. Mais c'est un acte grave, ajouta-t-il, un peu puérilement. Une imprudence pourrait tout perdre. N'agissez qu'en toute certitude !

« Je le tranquillisai, et, après avoir compulsé l'annuaire du téléphone, je demandai la communication avec l'agence de renseignements Barnett. M. Jim Barnett me répondit lui-même. Sans lui donner la moindre explication, j'insistai pour qu'il vînt sans retard. Il me promit sa visite immédiate.

« Dès lors, ce fut l'attente, et, d'un côté et de l'autre, une agitation que nous ne pouvions réprimer.

« – C'est un de mes amis qui m'a recommandé ce Barnett, disais-je, avec un rire nerveux. Un type bizarre, sanglé dans une vieille redingote, coiffé d'une perruque, mais fort habile. Seulement, il faut se défier, paraît-il, car il se paie lui-même sur le client des services qu'il rend.

« J'essayais de plaisanter. Maxime demeurait immobile et sombre. Et, soudain, la sonnerie du vestibule retentit. Ma femme de chambre frappa presque aussitôt. Toute fébrile, j'ouvris moi-même la porte, en disant :

« – Entrez, monsieur Barnett... Vous êtes le bienvenu !

« Je fus confondue de voir que l'homme qui entrait n'avait aucun rapport avec celui que j'attendais. Il était habillé avec une élégance discrète. Il était jeune, d'aspect sympathique, et très à son aise, comme quelqu'un qu'aucune situation ne saurait prendre au dépourvu. Il me regarda un peu plus longtemps qu'il n'eût fallu, d'une façon qui montrait que je ne lui déplaisais pas. Puis, l'examen terminé, il s'inclina et me dit :

« – M. Barnett, fort occupé, m'a proposé l'agréable mission de le remplacer, si, toutefois, ce changement ne vous importune pas. Me permettez-vous de me présenter ? Baron d'Enneris, explorateur, et, quand l'occasion s'en présente, détective amateur. Mon ami Barnett me reconnaît certaines qualités d'intuition et de clairvoyance, que je me divertis à cultiver.

« Cela fut dit avec bonne grâce et avec un sourire si engageant qu'il m'eût été impossible de refuser son assistance. Ce n'était pas un détective qui me proposait ses services, mais un homme du monde qui se mettait à ma disposition. Et cette impression fut si forte en moi qu'ayant allumé machinalement une cigarette, selon mon habitude, je commis l'acte incroyable de lui en offrir une, en disant :

« – Vous fumez, monsieur ?

« Ainsi, une minute après l'arrivée de cet inconnu, nous étions l'un en face de l'autre, la cigarette aux lèvres. La scène s'était transformée au point que ma fièvre tombait, et que tout semblait s'apaiser dans le salon. Dervinol seul gardait un air renfrogné. Je le présentai aussitôt :

« – M. Maxime Dervinol.

« Le baron d'Enneris salua, mais il n'y eut pas un détail dans son attitude qui pût faire croire que ce nom de Dervinol évoquât en lui le moindre souvenir. Cependant, après un certain temps, comme s'il n'eût pas voulu que la liaison de ses idées fût trop évidente, il me posa cette question :

« – J'imagine, madame, que quelque chose a disparu de chez vous ?

« Maxime se contint. Je répondis négligemment :

« – Oui... en effet... Mais cela n'a aucune importance.

« – Aucune, dit le baron d'Enneris en souriant, mais tout de même, c'est un petit problème à résoudre, et monsieur et vous avez dû y renoncer. Cette chose vient de disparaître ?

« – Oui.

« – Tant mieux ! Le problème sera plus facile. Qu'est-ce donc ?

« – Une bague... une émeraude que j'avais mise sur ce guéridon, avec mes autres bagues et ce sac à main qui s'y trouve.

« – Pourquoi avez-vous quitté vos bagues ?

« – Pour jouer du piano.

« – Et, pendant que vous jouiez, monsieur était près de vous ?

« – Debout, derrière moi.

« – Donc, entre vous et le guéridon ?

« – Oui.

« – Dès que vous avez constaté la disparition de l'émeraude, vous l'avez cherchée ?

« – Non.

« – M. Dervinol, non plus ?

« – Non plus.

« – Personne n'est entré ?

« – Personne.

« – C'est M. Dervinol qui s'est opposé aux recherches ?

« Maxime déclara, d'un ton agacé :

« – C'est moi.

« Le baron d'Enneris se mit à marcher de long en large. Il marchait à petits pas élastiques, ce qui donnait à son allure une souplesse infinie. S'arrêtant devant moi, il me dit :

« – Ayez l'obligeance de me montrer vos autres bagues.

« Je lui tendis les deux mains. Il les examina, et, aussitôt, il eut un léger rire. Il semblait s'amuser et poursuivre, plutôt qu'une enquête, un jeu qui le divertissait.

« – La bague disparue avait évidemment une grande valeur, n'est-ce pas ?

« – Oui.

« – Pouvez-vous préciser ?

8

« – Mon bijoutier l'estimait à quatre-vingt mille francs.
« – Quatre-vingt mille. Parfait !
« Il était enchanté. Ayant retourné ma main gauche, il en observa la paume longtemps, comme s'il se fût appliqué à en déchiffrer les lignes.
« Maxime fronçait les sourcils. Il était visible que le personnage l'horripilait. Quant à moi, j'aurais voulu me dégager et interrompre un geste choquant. Mais la pression, si douce cependant, ne me permettait pas la moindre résistance, et cet homme eût embrassé ma main que je ne sais si j'aurais eu la force de le repousser, tellement je subissais l'influence de son autorité et de sa manière d'agir.
« Au fond, j'étais persuadée qu'il avait déjà résolu l'énigme, pour le moins au point de vue du fait lui-même. Il ne me posa plus une question directe. Mais je ne doutai pas que les deux ou trois anecdotes qu'il me raconta sur des aventures analogues à celle qui m'arrivait ne lui servissent à élucider notre affaire. Il jetait, de temps à autre, un coup d'œil rapide sur Maxime ou sur moi, épiant, me semblait-il, la réaction produite par son récit.
« Je protestais en moi-même. Vainement. Je sentais qu'il découvrait ainsi, peu à peu, sans nous interroger, l'état de nos relations, l'amour de Maxime et mes propres sentiments. J'avais beau me contracter, et Maxime aussi sans doute, il dépliait, pour ainsi dire, tous ces secrets qui s'entassent en chacun de nous, comme les feuillets d'une lettre. C'était exaspérant !
« À la fin, Maxime s'emporta :
« – Je ne vois pas vraiment en quoi tout cela concerne...
« – En quoi cela concerne l'affaire qui nous réunit ? interrompit le baron d'Enneris. Mais nous y sommes en plein. L'énigme, en elle-même, ne signifie pas grand-chose. Mais la solution que je vous propose ne peut être la solution juste que si elle s'appuie sur vos états d'âme, au moment du petit incident qui s'est produit.
« – Mais enfin, monsieur, s'écria Maxime, qui avait peine à se contenir, vous n'avez pas fait une seule recherche ! Vous n'avez dérangé aucun meuble, rien observé, rien regardé même. Ce n'est pas par une conférence inutile que vous nous rendrez le bijou perdu.
« Le baron d'Enneris sourit doucement :

« – Vous êtes de ceux, monsieur, qui se laissent impressionner par le cérémonial coutumier des enquêtes et qui veulent tirer la vérité des faits matériels, alors que presque toujours, monsieur, elle se cache dans des régions tout à fait différentes. Le problème qui nous occupe aujourd'hui n'est pas d'ordre technique ou policier, mais d'ordre psychologique... uniquement. Mes preuves ne sont pas dans le succès d'investigations fastidieuses, mais dans la constatation irréfutable de ces phénomènes psychiques, tout à fait spéciaux, qui provoquent en nous, et principalement chez les natures impressionnables et impulsives, des actes qui échappent au contrôle de notre conscience.

« – C'est-à-dire, articula Maxime, d'une voix furieuse, que j'aurais commis l'un de ces actes ?

« – Non, monsieur, il ne s'agit pas de vous !

« – De qui, alors ?

« – De madame !

« – De moi ? m'écriai-je.

« – De vous, madame, qui êtes précisément, comme toutes les femmes, de ces natures impressionnables et impulsives auxquelles je fais allusion. Et c'est à votre propos que je me permets de rappeler que nous ne conservons pas toujours la maîtrise absolue et l'unité totale de notre personnalité. Elle se dédouble, non seulement aux grands moments tragiques où notre destin se joue, mais aux moments les plus simples et les plus insignifiants de l'existence quotidienne. Et tandis que nous continuons à vivre, à causer et à penser, notre inconscient prend la direction de nos instincts et nous fait agir dans l'ombre, à l'insu de nous-mêmes, et souvent d'une manière anormale, absurde et inintelligente.

« Bien qu'il s'exprimât galement et sans la moindre pédanterie, je commençais à m'impatienter et je lui dis :

« – Concluez, je vous prie, monsieur.

« Il répliqua :

« – Soit ! Mais excusez-moi, madame, si je suis obligé de le faire d'une façon qui vous semblera indiscrète et sans m'arrêter à de puériles considérations de politesse et de réserve mondaine. Donc, voici les faits. Il y a une heure, vous êtes arrivée ici en compagnie de M. Dervinol. Je ne dirai rien qui vous blesse si j'admets que M. Dervinol vous aime et je n'avancerai rien qui ne soit véridique si je suppose que vous aviez l'intuition qu'il allait se déclarer. Les femmes ne se trompent pas là-dessus, et c'est toujours pour elles un trouble profond. Par conséquent, au moment de vous mettre au piano, et lorsque vous avez retiré vos bagues – comprenez bien l'importance de mes paroles ! – vous étiez l'un et l'autre, vous plus encore que monsieur, vous étiez dans une de ces dispositions d'esprit, dont je parlais tout à l'heure, et vous n'aviez pas la notion exacte de ce que vous faisiez.

« – Mais si ! protestai-je, j'étais fort lucide.

« – En apparence, oui, et vis-à-vis de vous-même. Mais en réalité, on n'est jamais tout à fait lucide quand on subit une crise d'émotion, si légère soit-elle. Or, vous étiez ainsi, c'est-à-dire toute prête à l'erreur, au faux jugement et au geste involontaire.

« – Bref ?...

« – Bref, madame, vous deviez accomplir, et vous avez accompli, sans le vouloir, et même sans le savoir, un acte de défiance absolument contraire à votre tempérament et plus contraire encore à la logique même de la situation. Car, en vérité, quel que soit le nom porté par M. Dervinol, il était inconcevable de le croire d'avance, *a priori*, capable de dérober votre émeraude.

« Je fus indignée et m'exclamai vivement :

« – Moi ! j'ai cru cela ? J'ai cru une pareille infamie ?

« – Certes non, riposta le baron d'Enneris, mais votre inconscient a manœuvré comme si vous le croyiez et, furtivement, en dehors de votre regard et de votre pensée, il a fait un choix entre celles de vos bagues qui n'ont point de valeur, dont les pierres sont fausses, comme beaucoup de bijoux que l'on porte couramment, et votre émeraude, qui, elle, n'est pas fausse, et qui vaut quatre-vingt mille francs. Et, ce choix fait, sans que vous le sachiez, les bagues déposées, bien en évidence, sur le guéridon, vous avez mis, toujours sans le savoir, la précieuse et magnifique émeraude, à l'abri de toute tentative.

« L'accusation me jeta hors de moi.

« – Mais c'est inadmissible ! m'écriai-je avec force. Je m'en serais aperçue.

« – La preuve, c'est que vous ne vous en êtes pas aperçue !

« – Mais alors, elle serait sur moi, cette émeraude !

11

« – Pas du tout, elle est restée où vous l'avez placée.
« – C'est-à-dire ?
« – Sur ce guéridon.
« – Elle n'y est pas. Vous voyez bien qu'elle n'y est pas !
« – Elle y est.
« – Comment ? puisqu'il n'y a que mon sac !
« – Eh bien ! c'est qu'elle est dans votre sac, madame.
« Je haussai les épaules.
« – Dans mon sac ! Qu'est-ce que vous chantez là ?
« Il insista.
« – Je regrette, madame, d'avoir l'air d'un prestidigitateur ou d'un charlatan. Mais vous m'avez convoqué pour découvrir une bague perdue : je dois donc vous dire où elle est.
« – Elle ne peut pas être là !
« – Elle ne peut pas être ailleurs !
« J'éprouvais un sentiment bizarre. J'aurais voulu, sans aucun doute, qu'elle y fût, mais j'aurais été heureuse aussi qu'elle n'y fût pas et que cet homme fût humilié par l'échec de ses visions et de sa prédiction.
« Il me fit un signe auquel j'obéis malgré moi. Je pris le sac, l'ouvris et cherchai fiévreusement parmi les menus objets qui l'encombraient. L'émeraude s'y trouvait.
« Je demeurai stupide. Je n'en croyais pas mes yeux et je me demandais si c'était bien ma véritable émeraude que je tenais entre les mains. Mais oui, c'était elle. Aucune erreur possible. Alors... alors... que s'était-il donc passé en moi pour que j'eusse pu agir d'une manière aussi insolite, et, pour Maxime Dervinol, aussi injurieuse ?
« Devant mon air confondu, le baron d'Enneris ne cacha pas sa joie, et je dois même dire qu'il eût gagné à l'exprimer avec plus de retenue. À partir de cet instant, son attitude si correcte d'homme du monde fit place à l'exubérance d'un professionnel qui a réussi un beau coup.
« – Et voilà, dit-il. Voilà ce que c'est que les petites plaisanteries auxquelles se livre notre instinct, quand on ne le surveille pas. C'est un mauvais petit diable qui accomplit les pires farces. Et il opère dans des régions si obscures, que vous n'avez pas eu l'idée d'interroger ce sac. Vous eussiez cherché partout et vous auriez accusé le monde entier, y compris M. Dervinol, plutôt que de suspecter cet objet intangible et

12

innocent auquel vous veniez de confier un trésor ! N'est-ce pas démontant, madame, et un peu comique peut-être ? Quel jour projeté sur les profondeurs invisibles de notre nature ! Nous sommes fiers de nos sentiments et de notre dignité et nous cédons aux ordres mystérieux des puissances inférieures. Nous avons tel ami, pour qui nous sommes pleins d'estime, et nous l'outrageons sans le moindre souci. En vérité, c'est à n'y rien comprendre !

« Avec quel enjouement ironique il lançait sa petite tirade ! J'éprouvais l'impression que le baron d'Enneris avait disparu, et que c'était bien un collaborateur de l'Agence Barnett qui opérait, avec son visage réel, ses habitudes personnelles, sans masque et sans gestes d'emprunt.

« Maxime s'avança, les poings serrés. L'autre eut un mouvement de buste, qui le redressa encore et le fit paraître plus grand qu'il n'était.

« Puis, s'approchant soudain de moi, il me baisa la main, ce qu'il n'avait pas fait en tant que baron d'Enneris, et me regarda, droit dans les yeux. Enfin, il saisit son chapeau, salua d'un mouvement large et quelque peu théâtral, comme il eût salué avec un feutre à plume, et s'éloigna, fort satisfait de lui-même, tout en répétant :

« – Jolie petite affaire... J'adore traiter ces petites affaires-là... C'est ma spécialité. À votre entière disposition, madame. »

La princesse Olga avait terminé son récit. Elle alluma nonchalamment une cigarette et sourit à ses amies, qui se récrièrent aussitôt :

– Et après ?
– Après ?
– Oui, l'histoire de la bague est finie. Mais la vôtre ?...
– La mienne est finie également.
– Voyons, ne nous faites pas languir ! Allez jusqu'au bout, Olga, puisque vous êtes en veine de confidences.
– Mon Dieu, que vous êtes curieuses ! Enfin ! Que voulez-vous savoir ?
– Comment ! Mais, d'abord, ce qu'il est advenu de Maxime Dervinol et de sa passion.
– Ma foi, pas grand-chose. Au fond, n'est-ce pas ? J'avais douté de lui en cachant, intentionnellement ou non, cette émeraude. Aigri, déjà, et inquiet, il en souffrit beaucoup et ne me le

pardonna pas. Et puis, il commit une maladresse, qui lui fit du tort dans mon esprit. Irrité contre le baron d'Enneris, il lui envoya un chèque de dix mille francs, en l'adressant à l'Agence Barnett. Le chèque me fut renvoyé dans une enveloppe, épinglée à une admirable corbeille de fleurs, avec quelques lignes, respectueuses à mon égard, et signées...

– Baron d'Enneris ?
– Non.
– Jim Barnett ?
– Non.
– Alors ?
– Arsène Lupin !

Elle se tut de nouveau. Une de ses amies observa :
– N'importe qui pouvait signer de la sorte.
– Évidemment !
– Vous n'avez pas cherché à savoir ?...

La princesse Olga ne répondit pas et son amie reprit :
– Je m'explique fort bien, Olga, que Maxime Dervinol ne vous ait plus intéressée. D'un bout à l'autre de l'aventure, il fut dominé par cet énigmatique personnage qui sut, avec tant d'adresse, concentrer votre attention sur lui et piquer votre curiosité. Soyez franche, Olga, sa conduite vous donna quelque envie de le revoir.

La princesse Olga ne répondit pas davantage. L'amie, qui avait son franc-parler avec elle et la taquinait parfois, continua :

– Somme toute, Olga vous avez gardé votre bague et Dervinol son argent. Rien ne vous a été dérobé, contrairement aux principes de Barnett, qui se payait toujours lui-même, vous l'avez dit, dos services qu'il rendait. Car, enfin, il eût pu tout aussi bien escamoter l'émeraude, en fouillant lui-même dans le sac, et, s'il ne l'a pas fait, c'est qu'il espérait peut-être quelque chose de beaucoup mieux qu'une bague. Tenez, cela me rappelle ce qu'on m'a raconté, à savoir qu'une fois, n'ayant rien récolté, il enleva la femme de son débiteur et fit une croisière avec elle. Quelle jolie façon de se récompenser, Olga, et qui correspond bien à la silhouette et au caractère de l'homme que vous nous avez montré ! Qu'en pensez-vous, Olga ?

Olga ne se départit pas de son silence. Étendue dans un fauteuil, les épaules nues, son beau corps allongé, elle regardait

14

s'élever la fumée de sa cigarette. À sa main resplendissait le magnifique cabochon d'émeraude.

Biographie & Bibliographie

Maurice Leblanc

Marie Émile Maurice Leblanc est un écrivain français né le 11 décembre 1864, à Rouen, et mort le 6 novembre 1941, à Perpignan. Auteur de nombreux romans policiers et d'aventures, il est le créateur du célèbre personnage d'Arsène Lupin, le gentleman-cambrioleur.

On peut visiter la maison de Maurice Leblanc, le Clos Lupin à Étretat, dans la Seine-Maritime. L'aiguille d'Étretat forme d'ailleurs l'un des décors du roman L'Aiguille creuse.

Biographie

Maurice Leblanc est le deuxième enfant d'Émile Leblanc, armateur de trente-quatre ans, et de Mathilde Blanche, née Brohy, âgée de vingt et un ans et qui fut accouchée par Achille Cléophas Flaubert, père de Gustave Flaubert2. Il a pour sœur cadette la cantatrice Georgette Leblanc, qui fut l'interprète de Maurice Maeterlinck et sa compagne de 1895 à 1918.

Pendant la guerre franco-allemande de 1870, son père l'envoie en Écosse où les paysages ont dû fertiliser son imagination. De retour, il achève ses études à Rouen. Adolescent, il fréquente Gustave Flaubert et Guy de Maupassant. Refusant la carrière que son père lui destine dans une fabrique de cardes, il « monte à Paris », en 1888, pour écrire.

D'abord journaliste, puis romancier et conteur (Des couples, Une femme, Voici des ailes), il éveille l'intérêt de Jules Renard et d'Alphonse Daudet, sans succès public. Il fréquente les grands noms de la littérature à Paris : Stéphane Mallarmé ou Alphonse Allais. En 1901, il publie L'Enthousiasme, roman autobiographique.

En 1905, Pierre Lafitte, directeur du mensuel Je sais tout, lui commande une nouvelle sur le modèle du Raffles d'Ernest William Hornung : L'Arrestation d'Arsène Lupin. Deux ans plus tard, Arsène Lupin, gentleman-cambrioleur est publié en livre. La sortie d'Arsène Lupin contre Herlock Sholmès mécontente Conan Doyle, furieux de voir son détective Sherlock Holmes (« Herlock Sholmès ») et son faire-valoir Watson (« Wilson ») ridiculisés par des personnages parodiques créés par Maurice Leblanc.

Maurice Leblanc reçoit la Légion d'honneur, le 17 janvier 1908, des mains du sous-secrétaire d'État aux Beaux-Arts, Étienne Dujardin-Beaumetz, député radical de l'Aude.

Radical-socialiste et libre-penseur, Leblanc s'embourgeoise avec l'âge et la Première Guerre mondiale. Il aurait déclaré : « Lupin, ce n'est pas moi ! » Dès 1910, il tente de tuer son héros dans 813, mais il le ressuscite dans Le Bouchon de cristal, Les Huit Coups de l'horloge...

En 1918, Maurice Leblanc achète à Étretat une maison à colombages de facture anglo-normande où il y rédige 19 romans et 39 nouvelles. Devant l'occupation allemande, il quitte Le Clos Lupin et se réfugie en 1939 à Perpignan où il meurt d'une pneumonie. Exhumé du cimetière Saint-Martin de Perpignan en 1947, il est réinhumé, le 14 octobre de cette année-là, à Paris, au cimetière du Montparnasse, aux côtés de sa femme Marguerite et d'autres membres de sa famille (notamment son beau-frère René Renoult).

18

Vie privée

Fin 1888, Maurice Leblanc se décide à quitter Rouen pour Paris où il se marie le 10 janvier 1889 à Marie-Ernestine Lalanne (1865-1941) qui lui donne une fille, Louise Amélie Marie Leblanc (1889-1974) qui n'aura aucune postérité de son mariage. Les deux jeunes gens s'aperçoivent vite qu'ils ne s'entendent pas et divorcent en 1895. L'écrivain tombe ensuite amoureux de Marguerite Wormser (1865-1950) qui a déjà un fils Claude Oulmann (1902-1994), lequel sera autorisé à porter le nom de Leblanc par décret. La procédure de divorce entamée par Marguerite contre son premier époux traînant en longueur, Maurice a des ennuis de santé et sombre dans la dépression. Ils ne se marient que le 31 janvier 1906.

Postérité

Une Association des amis d'Arsène Lupin est fondée en 1985 par son ancien élève le philosophe François George.

Son œuvre a inspiré Gaston Leroux (créateur de Rouletabille), ainsi que Souvestre et Allain (créateurs de Fantômas). Les exploits d'Arsène Lupin se déroulaient dans la capitale et dans le pays de Caux, que Maurice Leblanc connaissait bien : collectionneur de cartes postales, il avait recensé pas moins de quatre cents manoirs entre Le Havre, Rouen et Dieppe. Les « lupinophiles » arpentent les lieux cités dans les intrigues de Leblanc en Normandie : Étretat et le trésor des rois de France, Tancarville, le passage souterrain de Jumièges devant mener au trésor médiéval des abbayes, etc. Selon les lupinophiles mythomanes, la piste des sept abbayes du pays de Caux reliées entre elles dessinerait la Grande Ourse et permetrait de retrouver l'étoile d'Alcor.

Œuvres

Ouvrages faisant intervenir le personnage d'Arsène Lupin

La série Arsène Lupin compte 17 romans et 39 nouvelles, ainsi que 5 pièces de théâtre, tous écrits de 1905 à 1941.

- Arsène Lupin, gentleman-cambrioleur (1907), recueil de 9 nouvelles comprenant L'Arrestation d'Arsène Lupin, Arsène Lupin en prison, L'Évasion d'Arsène Lupin, Le Mystérieux Voyageur, Le Collier de la reine, Le Coffre-fort de madame Imbert, Herlock Sholmès arrive trop tard[8], La Perle noire et Le Sept de cœur.
- Arsène Lupin contre Herlock Sholmès (1908), recueil comprenant le roman La Dame blonde et la nouvelle La Lampe juive.
- L'Aiguille creuse (1909), roman.
- 813 (1910), roman réédité en deux volumes en 1917 sous les titres La Double Vie d'Arsène Lupin et Les Trois Crimes d'Arsène Lupin, aujourd'hui réédité sous le titre original 813.
- Le Bouchon de cristal (1912), roman.
- Les Confidences d'Arsène Lupin (1913), recueil de 9 nouvelles comprenant : Les Jeux du soleil, L'Anneau nuptial, Le Signe de l'ombre, Le Piège infernal, L'Écharpe de soie rouge, La Mort qui rôde, Le Mariage d'Arsène Lupin, Le Fétu de paille et Édith au cou de cygne.
- L'Éclat d'obus (1916), roman.
- Le Triangle d'or (1918), roman.
- L'Île aux trente cercueils (1919), roman.
- Les Dents du tigre (1921), roman.
- Les Huit Coups de l'horloge (1923), recueil de 8 nouvelles comprenant Au sommet de la tour, La Carafe d'eau, Thérèse et Germaine, Le Film révélateur, Le Cas de Jean-Louis, La Dame à la hache, Des pas sur la neige et Au Dieu Mercure.
- La Comtesse de Cagliostro (1924), roman.
- The Overcoat of Arsène Lupin, nouvelle parue en 1926 dans The Popular Magazine, dont la plus grande partie reprend la trame de La Dent d'Hercule Petitgris (1924), en y transposant le personnage d'Arsène Lupin[9].
- La Demoiselle aux yeux verts (1927), roman.
- L'Homme à la peau de bique (1927), nouvelle.
- L'Agence Barnett et Cie (1928), recueil de 8 nouvelles comprenant Les Gouttes qui tombent, La Lettre d'amour du roi George, La Partie de baccara, L'Homme aux dents d'or, Les Douze Africaines de Béchoux, Le Hasard fait des miracles, Gants blancs... guêtres blanches... et Béchoux arrête Jim Barnett.
- The Bridge That Broke (Le Pont qui s'effondre), 1929, nouvelle publiée dans l'édition anglaise de L'Agence Barnett et Cie ; le texte original français n'a jamais été publié.
- La Demeure mystérieuse (1929), roman.
- Le Cabochon d'émeraude (1930), nouvelle.

- La Barre-y-va (1931), roman.
- La Femme aux deux sourires (1933), roman.
- Victor, de la Brigade mondaine (1933), roman.
- La Cagliostro se venge (1935), roman.
- Les Milliards d'Arsène Lupin (1941, posthume), roman : édition incomplète ; le texte intégral a été publié en feuilleton dans L'Auto du 10 janvier au 11 février 1939.
- Le Dernier Amour d'Arsène Lupin (2012, posthume), roman ; édition d'un texte resté à l'état de brouillon.

Pièces de théâtre

- Arsène Lupin, pièce de théâtre écrite en collaboration avec Francis de Croisset (1908).
- Une aventure d'Arsène Lupin, pièce de théâtre (1911).
- Le Retour d'Arsène Lupin, pièce de théâtre, écrite avec Francis de Croisset (1920).
- Cette femme est à moi, pièce de théâtre (1930)
- Un quart d'heure avec Arsène Lupin, pièce de théâtre (1932).
- Peggy (ou Nelly) rencontre de nouveau Arsène Lupin, pièce radiophonique jamais publiée (1936).

Autres ouvrages

- Des couples (1890)
- Une femme (1893)
- Ceux qui souffrent (1894)
- L'Œuvre de mort (1895)
- Les Heures de mystère (1896)
- Armelle et Claude (1897)
- Voici des ailes ! (1898)
- Les Lèvres jointes (1899)
- L'Enthousiasme (1901)
- Un gentleman (1903)
- Gueule-rouge 80-chevaux (1904)
- La Frontière (1911)
- La Robe d'écailles roses (1912)
- La Pitié, pièce en 3 actes (1912)
- Les Trois Yeux, roman d'anticipation (1920)
- Le Formidable Événement (1921)
- Le Cercle rouge (1922)
- Dorothée, danseuse de corde (1923)
- La Dent d'Hercule Petitgris (1924)
- La Vie extravagante de Balthazar (1925)
- Le Prince de Jéricho, roman policier (1930)

- De minuit à sept heures (1932)
- La Forêt des aventures (1932)
- L'Image de la femme nue (1934)
- Le Chapelet rouge (1934)
- Le Scandale du gazon bleu (1935)

Bibliographie

- André-François Ruaud, *Les nombreuses vies d'Arsène Lupin*, vol. 1, Lyon, Moutons électriques, coll. « Bibliothèque rouge », 2005 (ISBN 978-2-915-79310-9).
- Jacques Derouard, *Dictionnaire Arsène Lupin*, Amiens Paris, Encrage Les Belles lettres, coll. « Travaux » (no 41), 2001 (ISBN 978-2-251-74113-0 et 978-2-911-57629-4, OCLC 48809024).
- Jacques Derouard, *Maurice Leblanc : Arsène Lupin malgré lui*, Paris, Librairie Séguier, coll. « Biographie », 1989, 610 p. (ISBN 2-87736-070-9).
- Europe, revue littéraire mensuelle, août septembre 1979, no 604/605
- Numéro consacré à Maurice Leblanc et Arsène Lupin.
- François Vicaire (photogr. Jean-François Lange), *La maison de Maurice Leblanc : le Clos Arsène Lupin*, Darnétal, Petit à petit, coll. « Maisons d'écrivains », 2005, 47 p., 31 cm (ISBN 978-2-849-49030-3, OCLC 469435150).

L.&.D
edition

Made in the USA
Monee, IL
17 January 2021